秋のコンチェルト

1981

ルース・ポソ・ガルサ

Versos en gallego

MENSAJE

Me llena de alegría y emoción felicitar al maestro Masao Kuwabara, único traductor al japonés de Luz Pozo Garza (1922-2020), por esta invaluable contribución al conocimiento de las letras gallegas en Japón.

La publicación del poemario de "Concerto de outono" es, tras la aparición de "Vida secreta de Rosalía de Castro", la culminación de un admirable proyecto para difundir entre el público japonés lo mejor de la cultura española.

La voz inextinguible de Luz Pozo Garza -escritora, artista y académica de la Real Academia Galega- suena ya para siempre en la lengua de Natsume Soseki y Akiko Yosano gracias al puente tendido por el poeta Masao Kuwabara entre Galicia y Japón. Mi más cordial enhorabuena por esta simbiosis magnífica del arte de la traducción y la pasión por la cultura.

Víctor Andresco
Director del Instituto Cervantes de Tokio

Instituto Cervantes Tokio

インスティトゥト・セルバンテス東京
館長からのメッセージ

詩人桑原真夫氏がルース・ポソ・ガルサ（1922～2020年）の唯一の翻訳家として日本におけるガリシア文学の流布のため極めて貴重な貢献をされていることに、深い悦びを覚え感謝の気持ちを捧げます。

『ロサリア・デ・カストロの秘密の生涯』に引き続き、今般の詩集『秋のコンチェルト』の出版は、スペイン文学の最高峰を日本の人々に普及させるという賞賛すべき試みの集大成であります。

ルース・ポソ・ガルサ（作家であり、芸術家であり、ガリシア王立アカデミーの会員である）の尽きることのない声は、詩人桑原真夫氏が日本とガリシアの大いなる架け橋となったお陰で、夏目漱石や与謝野晶子の言葉の中ですでに永遠の響きを与えるものです。ここにその芸術的翻訳と文化への情熱の見事な共生に心からの祝福を送りたいと思います。

インスティトゥト・セルバンテス東京
館長
ビクトル・アンドレスコ

目次

注（1）本著翻訳の底本としたのはルース・ポソ・ガルサの『Memoria Solar』〈323〜401ページ、原文ガリシア語〉（二〇〇四年、Ediciones Linteo）とオリビア・ロドリゲス・ゴンザレス教授（ア・コルーニャ大学）によるスペイン語翻訳テクストによる。
（2）本著の写真及び挿絵等はすべてルース・ポソ・ガルサ家族より提供されたもの。
（3）本文中の詩の中の固有名詞については、極力訳者による注釈を末尾に掲載した。

まえがき

詩集を読むことは、精神にとって最大の冒険である。読み手は詩の中に暗示される、もしくは明確に表現される鍵を見出す。詩があれば、生と死の謎、愛の謎、そして長い時を経た憧れや憧憬が分かるはずがないと、どうして言い切れるであろうか。ポール・エリュアールが主張するように、人生の鍵である存在の理由、存在の正当性、心の統一とただひとつの不滅の心、言葉の力によって世界を変える確信、これらは、過去も現在も、あらゆる時代の詩の中に等しく満ち足りた状態で追及可能なテーマである。そして、それぞれの詩人は、これらの有効な人間の不変性を独自の方法で探求し、その作品の中から完全に浮かび上がらせるのである。

つまり、一方では、詩はそれ自体の中に、人間の精神に常に共通する人生の鍵を含んでいる。他方で、各詩人は自分の作品によって、生命そのものと同じくらい古いこれらの普遍性が有効性と美しさを持って表現される、新しく、創造されたことのない世界の最初のページを開く可能性を持っている。詩人は、このように奇跡的で明晰な、再現不可能な宇宙であり、古代の暗闇から無傷で出現し、まず自分自身に、次に他の人々に、精神的な生命とは何かを明らかにする光の波を拡げる。人間の存在の実際的な結果としての詩の重要性を示すこの具体的な事実の中に、ルース・ポソ・ガルサの本がある。以下、その主要な内容について語ってみよう。

愛

「Ánfora」[注1]（一九四八年）から「verbas derradeiras」[注2]（一九七六年）に至るまで、ルース・ポソ・ガルサの詩は、澄み切った純粋な地平線のカーブのように、愛との同一化という明確で清純な線を常に保っている。「Ánfora」は、無垢な生命の中に高貴な形が実現する孵化であり、完全に感覚的な世界を精巧に練られた感受性の世界に変える詩的能力の証明である。書くことは、詩人にとって、地上から天空への座標を通過する方法であり、人生の味わい、ダナエの黄金の雨を注ぐ方法であった。

「verbas derradeiras」（最後の言葉）は洗練された形式的な浄化に達するものであり、愛に直面した苦しみ、希望の無い苦しみ、未来の無い老いの、程度に応じたダメージである。しかし、正にこの2つの結末、生命力溢れる喜び「ánfora」と無限の憧れ「verbas derradeiras」は、愛ある人生を降りる者と戻る者の間の両極端な情愛的な感情である。詩人は、具体的な生きた経験について書くという行為において、滅びやすい感覚的な物質を不滅の物質に、つまり、太陽や星やダンテを動かす原動力である共通の経験を、芸術作品に変える。ルース・ポソ・ガルサにとっての愛とは精神性である。この詩的な愛の感情を最大限に高めて、一般的な愛の感情を抑制するところにルース・ポソ・ガルサの愛の詩を見出すべきである。

「秋のコンチェルト」の中の愛の詩は、作者のこれまでの詩ですでに見られた二つの不変性を併せ持つものである。

・公的な要求
・独創性

第一については、読者は、目の前のものが、創作行為そのものから基本的に取り組まれ、厳密に選ばれた詩であることに気付く。言葉はすべて精密で正確である。様々な詩句の連なりは、執着も譲歩もない、真正な表現を欲求する結果として現れてくる。暗示的な言葉、変えることのできないもの。詩の中の神秘的で、短時間で照らし出される世界を探求し、味わうものである。

二つ目の創造性については、ルース・ポソ・ガルサは、この詩を通して、私たちを彼女特有の、誠実で、個人的な世界に誘うことに成功している。そこに、ダイヤモンドのように彼女の手から生み出される幸せなイメージを見出すことができる。詩の一行一行自体が詩であり、「帆もなく、オールもなく、恋の輝きとともに」、これは詩の構造全体にとって必要不可欠なものである。

最も不思議なのは、ルースの詩の文章の持つ、高貴で、独特なオリジナリティーが、澄んだ川のように清らかで、平易な単純さの中に挿入されていることである。そして、独創性と単純さという二つの基本線の出会いから、この詩の全体的な構成が生まれていることである。

光り輝く愛、不安定な愛、他の存在の愛を通して自己を完全に実現しようとする熱望、それらはルース・ポソ・ガルサが常に高いレベルへと引き上げる彼女の資質そのものである。そこには人生の理想化、人間の主体的な運命が暗黙のうちに語られている。理想的なカテゴリーとして考えられ、表現される愛は、ルース・ポソ・ガルサにおいては、弱い感傷の対局にある。彼女の愛の詩には、感傷的な陳腐さは微塵もない。例えば、ビセンテ・アレイシャンドレ(注3)の詩のように。そして、ショパンの音楽が時に強く硬いように。それ以外に、心の井戸の底に辿り着く方法はない。「秋のコンチェルト」の愛の詩は、唇にそっと触れ、心を痛めるそよ風のような味がする。

人間の悲劇的運命

しかし、ルース・ポソ・ガルサの詩を特徴づけるのは、たとえそれが本質的なものであったとしても、愛ではない。愛と死、愛の解放的緊張と人間の悲劇的運命という二つの大きなテーマの間に、揺れ動く緊張を見出すことができる。愛と死は、詩の中では総合的に、二つの同一の、対立しない原動力として一体化し、生の肯定的なプロセスを強調する。愛による死は生の最も美しい形である。ルース・ポソの詩の中に死の存在を見出すのは、このような意味からではなく彼女の作品を通してより進化し、よりニュアンスを増していく他の異なる形式においてである。

「El vagabundo」[注4]（一九五二年）では、詩は三つの作用分野を包含する、三つのベクトルで展開される。（1）豊かな生命力―この本には、人生に虐げられる愛が溢れている―を理想化された放浪者の姿で表現。（2）人間は無知により足枷がかけられた囚人であり、それゆえ、（本来の意図であった）生まれてきた楽園のような人生を享受する可能性はない、という認識。（3）この相反する二つのベクトルから、三つ目のベクトル、脅威的な死の存在、つまり、生きる自由を象徴する光り輝くメッセージを伝えるために自ら侵入してくる死が現れる。これらの詩においで、ルース・ポソ・ガルサにとって死とは、愛の修辞的補完でも、愛を表現する文学的な方法でもなく、生の淵に隠れている目に見えない存在の直接的な脅威である。詩人は不当な死を拒絶する―「今夜は死にたくない、ずっと、ずっと、ずっと死にたくない」―生が完全に成就しない限り。こうして私たちは、存在することの喜びと対立するものとして考え出された、詩の詩的イデオロギーに直面することになる。

しかし、「verbas derradeiras」では、死と無情は直接的な相互関係にある。それは脅威ではなく、受け入れられた有限性を表している。私は愛されていない。そして、この「自分を死なせる」ことは、もはや想像力を刺激し、希望を呼び覚ますようなものは何も提供できない生を放棄することである。―とても軽やかな風が私を運んでゆく～ヴィライーニョ（やがて枯れる花）～魂のようにーゆっくりとやって来る死によって落ち着きを取り戻した精神は、不滅の長老を決定的に落ち着かせ、自らを明け渡す。「verbas derradeiras」における死と生の二元論は克服された。

「秋のコンチェルト」の中の死の詩において、我々は問題を見る新たな方法を見出す。死は具体的、客観的、整合性ある事実であり、それは他の存在の物理的な消滅によって即座に現れる。見かけの人生におけるこの決定的な事実が、人間の運命に悲劇的な意味を与えるのである。巨匠ウナムーノ(注5)が言うように、時間のリズム、「生命の波からの逃亡」は、完全な無の中に生じる。詩人がもし、死を直視すれば、もはやそれを他の経験や感情と関連付けることはできない。死は、現世で起こり得る最も困難な苦悩の事実、つまり存在の消失と消滅として、それ自体を客観的に見なければならないのだ。

ルース・ポソ・ガルサは、「秋のコンチェルト」の中で、譲歩することなく、我々を確実にこの悲劇的な未来へと向かわせる。死を想起させることに何の感受性もなく、自らの価値をより深く理解しようとする気持ちに何の弱さもない。死の悲劇的な尺度は、それを表現する美を帯びた光に輝く言葉の正確さによって決定される、と我々はあえて言いたい。Luis Seoane へのPranto Coral（哀歌合唱）から、詩人が自らの死を歌うCecáis mañá（多分、明日）まで、詩は目前の現実から不滅へとカーブを描く弁証法を展開する。「誰があなたの麻の布をナイフで切り裂いたのか?」―まぎれもない美との遭遇の中で「グロリアのポルチコ(栄光の柱廊玄関)」において、あなたの目は開いている。詩は、より表現力豊かな美しさがあればあるほど信頼できる。「Pranto」には死への抗議があり、「Cacáis mañá」には絶望がある。感情的なラインは霧の中で混乱し、遠くから呼びかける「喪の船」の時間には悲劇的な孤独によって落ち着く。すべての詩はオーケストラ風に構成されている。

この詩集の中心的な詩である「モーツアルトのレクイエム」は、いわば死を前にした詩人の考えの核心をなしている。死は人の苦悩と孤独に満ちた、ゆっくりとした苦悶のようなものだ。心の孤独に容赦なく落ちてくる音楽の素晴らしさ。人は自らの死に際し孤独である。芸術は、呪術や救済の力を持たない。完全なる運命の悲劇がここにある。芸術は生命の側にあるのだ。ルース・ポソの詩は、この生と死の境界線において、正に「レクイエム」の音楽のように、永遠の問いを切り開く。

母との同一化

「秋のコンチェルト」の神秘性の中で、ロサリアに捧げられた詩は、聖母の被昇天のようなものである。崇高に神格化されたロサリアの姿は、ガリシアを圧殺し、屈服させる黒い夜の上、詩の光り輝く空に浮かび上がる。

しかしながら、理想化され、地上の肉体をもって天空へと昇るこのロサリアの呼びかけは、静寂や落ち着きを与えてはくれない。落ち着いて。ルースのロサリアへの憧憬はそれ自体が秘密、迷宮の答え、神秘性への同化を示すものである。一〇〇年の年月を経ても、私たちガリシア人の本質的な問題を解決するのは容易ではない。ルースはロサリアと一体化する。それは涙によってではなく、告発という手段で、この絶妙な理想的存在が、民族全体の存在の苦しみの象徴として、彼女の個人的な運命への不満の中で表現する方法を知っていたからである。

詩には憧れと母性との同一化という弁証法的な緊張がある。なぜならロサリアは、「sete letras de laio」(嘆きの七文字の名前)において、まさに憧れと母性の美しい昇華の両極を表している。—「ロサリア、あなたは女であり、すべての生きとし生けるものの母であった」。女であり、母である……これこそが、ガリシアの精神性の空において、ロサリアによって理想化された被昇天である。そしてルースには、ロサリアの苦悩し傷付いた姿への憧れ、悲しみ、痛み、そして、未知のどの道を運命に従い選ぶべきか、岐路に立つこの国の未来への懸念と苦悩がある。閉ざされた村、アイデンティティーの崩壊に対する「dunha falta ferida」(傷付いた言葉)の憧れ。

ルース・ポソ・ガルサにとって、憧れはガリシアのルーツである。「私の魂を見れば、ガリシアも見える」。ルースのガリシアへの愛は、不安定さと不安を強く帯びている。ガリシア人であることへの明確な愛、ガリシア人であることへの批判的なガリシア人として深く複雑な感情は、ルイス・ピメンテルと同様に、私たちの集合的無意識の不穏な原型として彼女が見ているロサリアという人間の姿に彼女を同化させる。ユングが言うように、否定的な価値ではなく、精神の最高の価値の一つである母の原型。

ロサリア＝母、「十字架に架けられたガリシア」は、ルース・ポソのこの抒情的な人物へのアプローチであり、その悲劇的で濃密な運命は、被昇天と昇華において、ガリシアの精神を詩で満たしている。ルース・ポソ・ガルサは、痛みに満ちたロサリアの聖杯を腕に抱え、詩の中で、母に私たちの運命はどうなるのかと問いかける。民としての個々の存在の動的な実現において、それは間違いなく、悲劇のシビラ（古代ギリシャ・ローマの巫女）に相対し、怯えつつ、彼女の目を見て問うことである。

「どんな運命が
　　北へ
　　死へ
私たちを待ち受けるのか？」

根源的な自由

ルース・ポソ・ガルサが自由という言葉を使うとき、それは有効な修辞的概念を指すのではなく、私たちが深く感じた経験を表現していることに注意を要する。詩的な感情から生まれるイメージは、理想的かつプラトン的な自由の形である。「理想的な対象の階層的システムとは価値なのである」（サルトル）において、自由はルースの詩の中で深淵な意味を獲得する。私たちは、この理想化のお陰で、最も純粋な価値の一つであることを確信する。なぜなら、それは根本的に人間的なものであり、芸術的創造の偉大な変異は、滝の小石のように、詩の中に現れるまで浄化されつつ繰り返し落ちていくからである。

ガルサの詩における価値＝自由の特質をいくつか挙げてみよう。

・当然のことであるが、主観的な詩的理想として表現される。

・客観的な見かけの現実を呼び起こす傾向がある。

この第一の性質から、ルース・ポソの詩は、アンフォラ（愛の最初の自由の前の光り輝く予感）から秋のコンチェルト（自己を完全に実現する可能性の肯定）に至るまで、すべて自由への賛歌に満ちており、それはカモメの翼の上の空気のように、あるいは清らかな高嶺で顔を軽くたたく爽やかな風のように、彼女の詩を貫いていることが分かる。

なぜなら、自由は詩人の精神の細胞を示し、木の実のように詩の中に出現するのである。ポール・エリュアールにとって自由とは、自律的な政治的理想であるだけでなく、必要不可欠なものであるように、ルース・ポソ・ガルサにとって自由とは、結び目の象徴であり、脳であり、彼女自身の存在の縦糸である。彼女の詩には、何物にも縛られない、柵のない独創的な空間が現れ、そこに情熱的で詩的な言葉が綴られる。それは、自由のパラメーターから、存在の本質的な不変性、すなわち、純粋さ、単純さ、人生の最初の独創性を問い続ける自由な精神の言葉である。

今、自由が達成不可能な全体性として出現するとすれば、目前の見かけの現実と対比されたとき、それが不穏な空気を撒き散らすことは間違いない。そのとき、私の存在が感じたり望んだりする自由は、もはや十分ではなく、原理的に人間が創造された楽園の夢を見ることもない。私たちの近くには、何百万もの存在が肉体的あるいは道徳的な鎖に繋がれている。社会は偉大な抑圧者である。無知は人間の解放を腐敗させる。アンドレ・ジイドが言うように、決して「バリケードの良き側」にいることはない芸術家は、新鮮さに満ちた自らの芸術作品のように、見かけの客観的現実の中に、輝ける理想化された自由を挿入しようと努めてきた。

「O prisioneiro」（囚人）や「Inda se escoita o brado」（まだ叫び声は聞こえない）といった具体的な生きた出来事はルース・ポソ・ガルサに、悲劇的な自由を前にした苦悩を想起させる。それは根源的に何物にも縛られない人間に対して、挫折し押し潰された自由なのである。「人生の歴史は失敗の歴史である」とサルトルは言う。その原因の逆境指数は、人に戦慄を与え、希望の光を殆ど残さないほどである。小さな本物の真実の井戸を掘るには、何千年もかかるのだ。ルース・ポソ・ガルサによる本質的な自由としての詩は、客観的な現実を前にして、悲劇的な抗議となり、人生の最も崇高な価値のひとつが破壊されたことによる絶望的な叫びとなる。

人生はそれがなければ、ほとんど価値がないのだ。まさに「生きることが、額、鎌、自由、人間の運命を掲げること」であり、それこそが人間の宿命なのである。

花の説教

或る日、ブッダは弟子たちを呼び集め、説教の準備をした。しかし、この日は何も話さなかった。手の中の一輪の花を見せた。そして、口を閉じ、内なる眼差しを夢のような光のようにその花に向け、しばらくそのままでいた。そして立ち上がり、何も言わずに去って行った。これがいわゆる「花の説教」である。ある対象（この場合は花）に心を集中させること。瞑想に続く悟りというものである。

花や詩、そしてそれ以外の多くのものでも可能であるが、何ものにも捕らわれず心を浸すこと、心を動かすことが求められる。広く深く見ること。追及すること。精神的習性に理解を示すこと、耳を傾けること。泉がどのように再構築されるかを静かに味わうこと。他方、詩人は慌ただしく目を向けることで満足はしない。

湾を進む船舶の麻の帆は、帆であることもあれば、呻き声であることもあり、疑わし気に残る白い雲、もしくは、巨大な孤独を見る目であることもある。そして海は、優雅さであったり暗さであったり、滑らかな表面であったり、他の海を映す鏡であったり、過去と未来の時間を麻の帆で進んだ他者の人生を映す鏡であったりする。

一輪の花、一篇の詩、愛と死の神秘、一語の力に込められる創生と破壊は、両端を固定し、最終的な統一への切望を可能にする。
光は内なる炎から現れる。ファゴットとハープのためのコンチェルト。夜空の星のように舞い落ちる葉の流れ。

エドワルド・モレイラス

以下、訳者による注釈。
（注1）ルース・ポソ・ガルサの処女詩集（スペイン語）。出版年が一九四八年と書かれてあるが、実際は一九四九年ビーゴにて出版。
（注2）彼女の六番目の詩集（ガリシア語）。Nordés 社刊。
（注3）スペイン語名ビセンテ・アレイクサンドレ（1898～1984）。ノーベル文学賞を受賞。スペインにシュルレアリスモを持ち込んだ「27年世代」の主要な詩人の一人。
（注4）彼女の二番目の詩集（スペイン語）。リバデオにて出版。
（注5）ミゲル・デ・ウナムーノ（1864～1936）は哲学者、詩人、小説家、サラマンサ大学の学長も務めた。「98年世代」の主要なメンバーの一人で、スペインを代表する知識人であった。

聖なるビーゴにて

ビーゴ、我が聖地

中世詩風に

ビーゴ、我が聖地、港に寄せ来る
波たちよ　私からビーゴの愛を盗んではならない
秘められた　航海の大波よ　あなたは
友の不在の冷たさに　泣かねばならない

ビーゴ、秘められた場所、
入江を指し示す亜麻色の帆
私の愛　ギア[*1]の山に至るまで
栗の樹の甘い接吻
そして　ミーニョ川に係留する櫂
白い亜麻の帆

そこに私の愛は眠っていた

眠れない朝に　すべての陽気な鳥たち
早朝　私はすでに起きていたのだが
そして長い夜に　私は私の船頭に
乳房を与えていた。海は傷付けていた
帆もなく櫂もなく　お気に入りのチュニックを着て
フォンフリア[*2]に向けて　友と　ワインを飲みながら
スカートはきつく締め

秘密の聖地
ビーゴ

＊1＝ビーゴ湾を見下ろす岬。ビルヘン・ダ・ギア（聖母ギア）が祭られた公園がある。
＊2＝十五世紀の詩人サン・フアン・デ・ラ・クルースの愛の象徴の教会Santo Grialがある町。

伝言

愛と秋を救うため
私が織った
寛衣のチュニックを纏い
もしあなたが通りを歩くなら

私たちの門の前に
一鉢のリラの花を置こう
そこにただ一筋の絹のリボン
それは不眠のための柔らかな傷

私たちの寝床の上で
あなたは甘いキッスで私を眠らせる

糸杉の庭の果樹園の中の午前
チャタレイ夫人の伝言が届く
空色の紙と翳なす心
死への言葉
もしあなたが私にキッスをしないなら
もしあなたが通りを歩かないなら
もしあなたが帰って来ないなら

ビーゴ湾

ビーゴ湾に風が運ぶ
チェロのようなそよ風のような一陣の風
そしてしばしば
それは半透明な春をもたらす
夜の航海の技巧
希望のための暗い絹の帆

船首であなたは私を女王と呼んだ
あなたは辺材で作られた愛の橋を指し示していた
船は滑りながらヒマラヤ杉の音楽を残していく

あぁ、ビーゴの港よりも更に深いキッス
私の手を取り

あなたは塩気を浴びた漁具を動かし
私の心にそよ風を注ぐ
あなたの顔をここに置いて！　霧は温まる
そしてその音楽を止めるため　あなたは横たわって欲しい

トッカータとフーガ

バッハの楽曲を聴くため
あなたは私の乳房に顔を埋める
蠱惑的なステンドグラスの編曲。あなたの手は
ここ私の腰（ウエスト）に

ヒバリは歌を繰り返す
あなたは短調格二重奏の初夜の寝床を上げなければならない
二度も
そしてあなたは傷付いたチェロで反歌を作曲する。愛は
こめかみにそしてうなじにキッスを重ねる
そしてそれぞれの指の腹で

ミーニョ川の水を掬う小さな桶に

ピアニシモが聞こえる
強弱弱格の心で

闇から引き離すためあなたの手は再びお腹に力を加える
体はハープシコードを押す
トッカータとフーガがあなたに私の瞳を捧げる
夜のように柳が泣いている
私の頬にキッスを
サンティアゴの通りまで私を運んで
白い椿が雨に濡れている。眠れないバッハのファゴットが
ヘラドゥーラ*に夜が奏でられるまで

＊＝サンティアゴ・デ・コンポステーラ市内にある、大学に面した広大な公園。

一つの鉢

多分、夜な夜な　私は寂れた郊外に
木を燃やすためにやって来た
風よ　閉じられた窓を叩け

手や髪やうなじが
呪文の滑り出る所に向かって消えてゆく

私は悲しみで茫然と佇んでいた
空の色がどんなだったか覚えてはいない
生暖かい灰の上で
私は孤独のパンを焼いた

泉の水が泣いている

もし一鉢の椀があったなら
涙でそれを満たすだろう

前奏曲（プレリュード）のように

前奏曲のように
私は愛の言葉の秘密を書いた
最初に精神錯乱の、次に暗号となる…
その警告された言葉は
鳩を抱くように　私の胸に抱かれた

記憶の一筋の血が
我々が愛と言うところの
他者の生きた時代の一つの純粋な激情になろうとしている

前奏曲のように　雨がやってきた
私はひとり髪を梳る
私はキッスをした　木に

壁に　　ハープに

川に落ちたこの磨かれた石に
死を知らない忠実な空間の中で
呼吸する空気にもまた私はキッスをした
私は路地に出て行った　手に持ったランプで
夜あなたが教える音楽を知ったのだった

あなたを求めて

暗号のためのコンサートのように
ティンバレと柳の小枝とともに
中庭のワキアカツグミが
私の国のステンドグラスの中で　悲しいフーガのように
子供の声で鳴く

丸天井から下げられた聖杯は
光を浴びて
ダイヤモンドのように苦悶している

亜麻の織物が　病気治療のため
夜に吊るされるとき
そして平原に流れる風のように

キジバトはクークーと鳴いている
あなたを捜して　私は行く

自暴自棄の歌

引き裂かれ
死と　壊れた時
夢のような遠くの車輪
崩壊の夜の想い出
軽々しいうわさ話の人生
傷付けられた怒りの網
断ち切られ外れた車輪
影が企てる避難所
日向で　そして　街角で

離れた
肉体の爪が強く否定する
沈黙の印のその意味の
静かにシーツに残る皺

別れた

パオロに
そしてフランセスカに

ハープのように

詩人エドワルドに

自由は詩を放り出した
手の中で砕けて無になったグラスのように
高貴な言葉は直立していた
あなたが愛を呼んだとき
あなたが無限の灯をともすとき
まるで鏡のように
熱望の形を模倣した
内なる空間　そして
我々が血と呼ぶところの　このそよ風の方式

一つの人生の呼気が
ダイヤモンドの陰から
裸の言葉を抜き取った

それは純粋な口唇が朝方誘っていたこと

誰があの名を聞くだろう？
森の中央に降るあの雨の糸のように
注がれた言葉
時代の均衡の中で
夜の頂上を希望と名付けながら
瞼を閉じて
大きな声で？

ハープのような人生という耳で
秘密の話の
その言葉を誰が聞いたか？

カストレーロス*の恋人

唐突に、
私は愛を告白するつもりだった
木々は枝と鳥たちの半透明なあの時、
石ころのリズムによって露になった姿
波の大きさの中に
一葉の生きた葉脈の中に
多分真昼時の花開いた椿の中に

あなたが手紙を書いていた場所に
あなたは午後の平原に永遠に止まっていた
時の平坦の中の池の脇に
さあ、手をつないで行こう
リラとスミレを交換する場所へ

あなたが留まっていた空間に遊ぶために

あの未知の土地に
あの愛によって形作られた
あの無傷の夜を齎すリズムの中に
一羽の鳩の手触りに
シンメトリーの音階が
高らかに愛を奏でようとしている間に

＊＝ビーゴ市内中央部にある小高い公園。

鏡の前で

鏡の前で
人生が交差しながら過ぎて行くのを見ている
到着と出会い
夜中に
開かれたままのピアノのように

刻々と時間もまた過ぎて行く
冷淡な言葉　書かれた詩
すぐに死んでいく小鳥を
手に持って運ぶ人のように

その鏡を見ている
魂の内側をじっと見つめるように　そして

思い出の中に浸り続けることができるように
手を挙げて　とてもゆっくりと
青ざめた記憶を調律する

我々の近くの
天国への道を私は忘れた
その高まりは我々を抱擁へと導いた

心と苦悩がともに打ち付け高鳴った。
去って行った　雲が
　　　　　　　　　　　　時が
　　　　　　　　　　　　　　　　影が
半透明の春
至日
しかし鏡の中に
一致の愛を確かめることができる

死の蝶

無題（悲しみ）

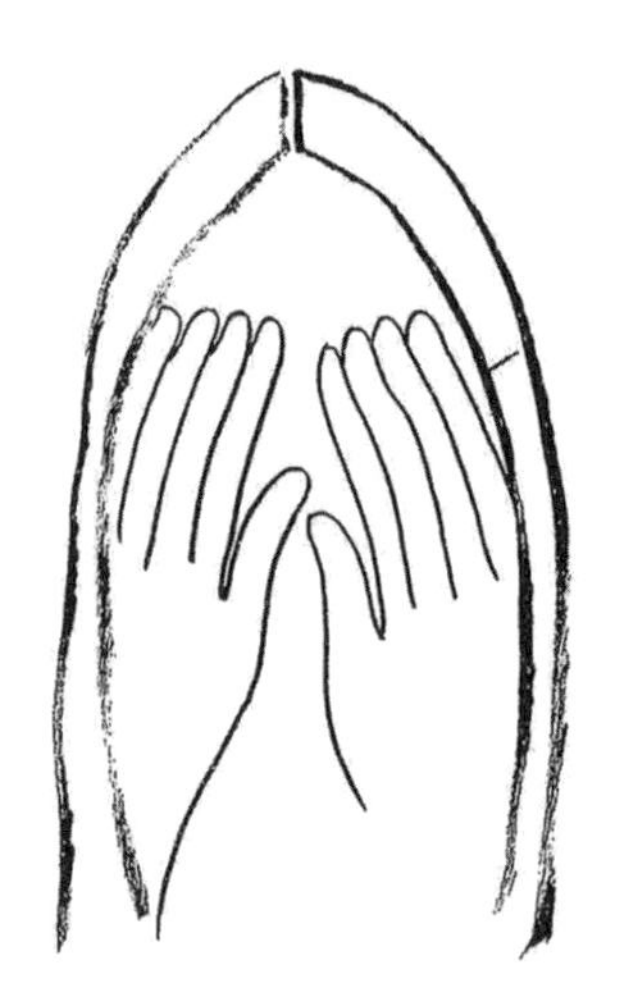

ルイス・セオアネ[*1]への哀歌合唱

I

オルサン[*2]の湾に打ち付ける死
一隻の難破船のように

ハリエニシダの花のように死がやって来た
それは倒れかかる曲線のように

逃げ去った沈黙のステンドグラスの中に
まるで純粋無垢な形で
あなたの大地で死ぬためにあなたはやって来たのだった

旗を降ろすことを夜中に誰が知らせたのか?
前兆の夢の中でその歌を誰が目覚めさせたのか?

青色のイメージのカンバスを誰が忘れたのか？
亜麻の布をナイフで誰が引き裂いたのか？

それがどんな特権であったのか確かなことは誰も知らない
その疲れた雌たちと壁画たちの
ハンカチで神父を探る一人の女性
柔らかいスミレ色と黄色いものたちはどこに行ったのか？

我々を友のところに連れていった輸送船団はどこに行くのか？
秋を知っている車引きを呼びなさい
世界を横切る小道は壊れてしまった
答えに纏わる寓話集は破壊されてしまった

セイヨウヒイラギが転がるときあなたは真夜中に向かって去って行った
キジバトが沈黙したときあなたは真夜中に向かって去って行った
ゲッケイジュの揺れとともにあなたは真夜中に向かって去って行った
塔がひび割れカンバスが裂かれるときあなたは真夜中に向かって去って行った

＊1＝ガリシア移民の子としてアルゼンチンで生まれる。六歳でア・コルーニャに帰り、幅広い芸術活動（詩人・デザイナー・作家・画家）に専念する。一九七九年六十八歳でア・コルーニャにて亡くなる。

＊2＝ア・コルーニャのカンタブリア海に面した三日月型の美しい海岸。

II

遺骨を入れたズタ袋を背負いながら人生を歩む
追放された夜に闇を踏みしめながら
疑念を叫びながら
恐怖を感じながら
一つの時、一つの距離
一人の孤独な男
瑕疵もなく　もぎ取られた一本の線

呻き声とともにナイフの一刃
死に至るまで歩いてゆく。多分眠りとともに
そして前進するとき誰にも会うことはない
一つの手　一粒の雨　そして何も

岩をも砕く悲しみのときがある
誰が話すのであろう埋葬の動揺
血管の疑わしい傷
何もない中庭
狭い小道
泥で作られた粘土の影
人々が泣く遺骨のヤナギ

あぁ、その小さな道で響き渡るものよ！
雪の境界を閉じながら行ってしまう
血管と言葉を編むところ
ステンドグラスの中の叫びを聞くところ

芸術家の手にあるグリアル*のコップ
友情の暖かい音階

夜　私は窓を開けた
そしてすべてはあるべきところにあった
雨降る森から持ってきたばかりの
枝木のリガの中の葉脈
神秘的な色合いのシーツ
大蝋燭の黄色い痛み
一弦を弾く手
平原の純真な心の上に
冷淡な日々の時が見えた
美しく輝きながら針金を通すとき
それとも白いハンカチで夜を見送るとき
そして糸杉は永遠のカーブを拡げていた

まだその轍が耳に残っている

人生の傍らに立って
荷車の車輪のように

＊＝聖杯のこと。ガリシアを象徴する言葉となっている。

III

あの頑迷な音を聞きなさい
あの黒い太鼓をご覧なさい
苦痛の叫びの頂点で
灰色のサンフォニアと雷
夜のフィニステーレ＊と巨岩
秋を呼ぶオークの林
入江の夜がやって来た
嘆きの涙の窪み

片隅の小太鼓に
夜と昼とを打ち鳴らす
更に純粋な形の印
平底船の重力
殆ど青白く黄色の
ルイスが織物の中に置いた
迷宮の繊細さの中に
横たわる大地の苦しみの中に
アトリウムの自己確認の中に
谷の魔法のカーブの中に
接線となる雨の中に
あぁ、意地悪くやって来る死よ！
あなたが来る気配を我々は感じない
椿が染まることも
夕暮れに出会うこともない！
負傷した黄昏時に
キズタの沈黙を残し

死が通り過ぎて行った
石の苦痛を鍵で磨く
青ざめた頭上の微風のように
ナイチンゲールの風のように

栄光の門の中に　あなたは
目を開いていた

＊＝イベリア半島のガリシアの「死の海岸」にある、大西洋に突き出た岬。ローマ時代からユーラシア大陸の最西端と考えられていた。

死の半旗

Bandeira da morte

痛みが私たちの手を取るとき、何の根拠もなく
私はこの言葉を発する：叫び。自由。自由の風。
あぁ，生きている人間のなんと深い苦しみ。
そこには人の心と私の平和がある。　そして
私は愛と火とともに全ての国外追放を手に入れる。
私はBlas de Oteroの言葉を渇望している。
頂上。話す。：どのような苦悩とともに
お前は手を差し伸べるのか？
我々は。肩を近づけながら歩む。闇と破片の殻。
私は歯噛みしてお前を思い出しそしてお前の名を呼ぶ。
人間は肉体と魂の苦悩である。兄弟よ。孤独と
陰を引き裂く：灰。手にする全てが死で満たされている。

Blas de Oteroの死に

*

＊＝社会詩を代表する「バスクの三頭政治」詩人のひとり。ビルバオに生まれ、マドリッドで一九七九年没。享年六十三。

ダンテが天国に辿り着いたように

今、私はキジバトの鳴き声を決して　聞かなかったことに気付く

今、おまえは
言葉もなく、ハンカチもなく、身振りもなく、我々を呼ぶ
そして私は秘密の原理について気付く
まるでダンテが天国に辿り着いたように
秘密の入口へと濾過された追放
太陽や他の星を動かす愛

おまえが乗り替えた今
おまえはセイヨウシナノキと椿の下に戻って来る
贈り物として
遅咲きのスミレの香りをボウルに湛えて

手の中に運んでくる

我々が死と呼び目に見えない夢の中で
おまえは今　そのハーモニーに気付く
そして時が止まる場所で　脆い帰還の中で
物音のしないカラッポの空間を解読する
おまえの中にのみ存在する永遠の光

命を暗くするものは何もない
命が雨と明るさを奪い取るとき
言葉と至日が発言されるとき
愛の単語
魔法の手紙
そしてそれを使って境界円を測ることに精を出す
そして数字を見つけることなく　言葉を見つける
円を測るが誰も測ることができない…

天候を暗くするものは何もない
多分、対称の形をした稲妻
ヒマラヤ杉
牧草地
祝福された亜麻
モンドニェード[*]の通りを思い出す瞬間…
夜は冷たい儀式として留まっていた
黒い大理石のように
太陽に晒された雪は封印が解かれる

今　キジバトが鳴いたのを
おまえは気付くだろうか？

＊＝ルーゴ市内の通りの名前。ルーゴは昔ガリシアの首都であった。

モーツァルトのレクイエム

多分、その音楽は向こう岸に届いていた
生命の尽きるあの湧水から
人の強い願望には見えなかった。否
むしろある聖杯の底にそれは芽を出していた
そのものを純化する
純粋なハーモニー

誰もその秘密を半開きにすることを知らなかった
誰もその永遠を引き裂くことができなかった
そして祭壇を発見する
時を引き裂く場所で
その右手よ、神よ我々を解放せしめよ
指裁きの間に

影は落ちたままであった

オーボエの音は響いていなかった
丸天井は喪服を着た声のような
奇跡を開いていた。
灰と闇の雨

それは天空の嘆きであった
不可解な運命の予兆
無限の一瞬の中の

モーツァルトの避難所は閉じられていた
静寂。落涙

あの無限の希望の中に
死とともに人はひとりで佇む

ある母へのレクイエム

そよ風は裂けた帆を膨らませることはできなかった
死する蝶
その日はどこで終わったのか？

虚しく彼はそれを熱望していた
残響のない謎の形をした質問
雨は黙ったままであった
そこでは時は容赦のない曲線のようだ

真夜中に川が流れてゆくようにおまえは母を見る
どうやって恐怖が黒いハリエニシダを集めるのか見てごらん

それらの暗い灌木が直立する場所を私は知りたい

嘆きのような境界を持つ
それらの秘密の形状

私は目を開けた。灰と孤独
私は他の余白に身振りを見た
その空間が遠くで消え失せた
言うべき秘密の別れ
一方で私は意味のない言葉をどもろうとしていた

ある水夫の娘へのエレジー

私は開いた戸を見た
孤独に呻いていた階段
風の溜め息
窓のカーテンの中の
地上の棺

大蝋燭は死への門口であるに違いない
悲哀にくれる呟きの中で最後の祈り
沈黙のプロフィール

陰の誘惑の中の押し黙った少女
蝶たちの舞う朝に盗まれた
多分シーツはひとつのキッスのように長い

苦痛もまた同じように長い

もし必要であれば
まるで糸のような　灰のフルートの音色を
聴くだろう　そして
夜な夜な海は傷付いたファゴットのような
音色を奏でるだろう

多分、明日

多分、明日
私の死にファゴットは泣くだろう
多分、悲哀は
永遠の流れの川の中にあるだろう

雨のバイオリンは
神秘の側にあるだろう
そして魂を超えた
臆病なハープ

古い街道に
私は霧の足跡を残す
そのとき一声

愛と呼ばれる傷付いた血管

私を見送る然るべき時はどこにもなく
雨の日の夜以上に相応しい時はない
喪に服する門口の
黒い船たちの時刻

私はその瞬間を知るだろう
暗い通りの中で
耳の聞こえない壁の中に
誰かが名前を書いた
たったひとつの

ロサリアの声

一つの声がある

ガリシアの時代に
一つの声がある
言葉のない一つの声がある
沈黙の中に誰もが聞こえる
トウモロコシが生まれるための名を思い出しながら

死それとも苦悩と呼ばれるもの
苦痛の誓い
孤独
石の思考　叫びと泉と呼ばれるもの
そして私はそれを諦める

忘却と呼ばれるもの
そして切望と呼ばれるもの

私たちの生命　または自由　または仲間
夢または死と呼ばれるもの
　　　　　　　　　　家庭
　　　　　　　　　　　郷愁
金髪に染める雨と呼ばれるもの

一つの声がある
Rosalía と呼ばれる
嘆きの七文字の名前
郷愁
傷付いた言葉の

自由の叫びの中にまだ留まっている
世界の希望
一つの声がある
彼女の
祝福された　声

祝福を

この不幸の時代に
祝福を
できるだけ静かな声で
ロサリア

あなたのセイヨウヒイラギの嘆きを
溺死させる
すべての北東風に
祝福を

優しく
我々を傷付けるすべての者に
あなたの孤児に

祝福を

最大の苦しみとともに
あなたの生を溺れさせた
断末魔の苦しみの泉に
祝福を

鉄と愛の釘で
あなたを十字架に架けた
二つの座標
それらの時空に祝福を
ロサリア
あなたの声に　祝福を

伝記

一つの白い水晶がある
それはあなたの誕生の時を示している
一つの星のように
遠くに輝きながら

一つの小石がある
我々のカレンダーに
それはあなたの苦しみの
月と年を示している

ただ一つの十字架がある
サンティアゴ月の十五日
一八八五年*

我々はじっと膝まづく

＊＝ロサリア・デ・カストロは一八八五年七月十五日にパドロンの自宅で永眠した。享年四十八。

パドロンの葬送歌

ロサリアのため
バスタバーレス[*1]の鐘を
鳴らしなさい

雨は穏やかには降ってはいない
もはや小糠雨の雨ではない
黒い孤独が降っている
ロサリアのため
泣きなさい

傷付いた苦悩から出て行く
悲しみの予兆のため
庇護もなく　幸運もなく

孤独が

レストローベ[*2]の方では
トウモロコシはまだ熟さない
齢の分からない負傷者たちがいる
泣きなさい

一つの黒い影が出て行く
ライーニョ[*3]の方へ
ロサリアを呼びながら
鳴らしなさい

あちらに黒い影が行く
アイーダ[*4]の墓地の中を
ロサリアを恐がらせながら
祈りなさい

＊1＝ロサリアの『ガリシアの歌』に納められた詩の題名。パドロン近くの小さな村。近くにサール川が流れる。
＊2＝『ガリシアの歌』の「滑やかに雨は降っていた」という詩の中に出てくる、パドロン近辺の小さな町の名前。
＊3＝　右同。
＊4＝　右同。

酔っぱらって

あぁ
ロサリア
私はカウレルの村に
生まれていればよかった
きれいな尾根のあの頂上を見上げて
純粋な愛
冬の至日
日暮れの一本の枝とともに
ほどけた一本の糸とともに
それは無邪気な魂から出てきた
私の溜め息によって測られたもの

あぁロサリア

あなたは遠くまで歩くことができた
純粋なる岩
水分を伴わない酔い
とんでもない時代に
ほどけた無限の中に
引き返そうと体を反転させ
ロール川の水を飲む
無垢な啜り泣き
口から口へ
口付けから口付けへ
柘植から柘植へ
唇から唇へ
薬のような水を飲みながら
口から口へ
石から石へ
カウレルの
景色よ

ロサリアへの質問

生死を分ける難破船から
生き残るための板を捜して…
ガルシア・サベール*
(ロサリアとその陰)

我々の孤独の黒い陰
人生の難破船の中で
孤児となった土地で
あなたは板を見つけることができなかった
見つけたのは柩だけ

清めの雨が降っていた
恐くはない寓話
暗い荒野
真夜中の庇
ロサリア

サンティアゴの街は
死の息で満ちている
苦悩の友よ
痛々しくも
引き裂かれたハンカチを投げよ

あなたは私とともに戻る
死者たちの生きている場所へ
言葉が衝撃を与える場所へ
陰の沈黙の中で

黒い迷宮を通り
時が刻まれない場所へ
あなたは手を取って私を連れて行く
我々の板を
捜すため

彷徨い歩く巫女
灰の言葉
この大地の
さだめを我々に想い出させる

閉じられた村々は
言葉を忘れてしまった
胸の中に鳴り響く
希望は残っているのか
鉛の車輪は
石を焼き尽くそうとしている

眠らない私を見ないでください
黒い大地の上で
裸の大地の上で
あなたが私の魂を見つけるなら

そこにあなたはガリシアも見つけるでしょう
どんな運命が
　　北へ
　　死へ
　　　我々を待ち受けるのか？

＊＝サンティアゴ・デ・コンポステーラ生まれ。二〇〇三年、ア・コルーニャにて九十三歳で死去。政治家（社会労働党）・翻訳家・メディア等で活躍。一九七九年から九十七年まで王立ガリシア・アカデミーの会長を勤める。

同じテーマによる変容

我らが薔薇

N
M E
O
O T
R
O T
S T E
E

迷宮Ⅰ

nortesortemortenortesortemortenortesortemorte

迷宮 II

MorteNorteSorteMorteNorteSorteMorteNorteSorte

我が女神、自由

鳩と手

我が女神、自由

我が女神、自由
異なる表情を持つ
寝床も天井もない
擦り切れた遺産
公正な声
聞く耳を持つ者は聴きなさい
あの嘘吐きの唇からの声を
天に唾を吐きなさい
言葉とともに雨を降らせ
灰を手に持ち
引き裂かれたチュニカを着て
この祝日に
私のワインを飲みなさい

この饗宴に
我々とともにパンを食べなさい
我が女神、自由は
誰とも讃美歌を
ともに歌いはしない
我が家には
ポルチコ（柱廊玄関）がある

囚人

引き裂かれた想い出の上に
影たちがやって来るとき
あなたは手で頬肘をついていた

人生は倒れた一つの門であった
愛は水が零れてしまったコップ
希望は単に希望でしかなかった
閉じられた輪から
引き裂かれた布のように子供時代が吊るされていた
我が家の前を
いくつもの葬列が過ぎて行った
犬のような死が
遠吠えをしていた　夜

今　目の前に　有無を言わせない
沈黙の壁がある
釘付けされ　四方八方からの敵対
苦悩の回廊が恐怖で眠れなくなる
音の聞こえない扉
溝を刻む
様々なナイフ
岸壁のように重くのしかかる天井
猛烈な暴風雨
挑戦を挑む勇気
中傷の天井の中の押し潰された妄想
憎悪を引っかく人間の孤独

夜ごとに感じる
鉄の中の雨の寒気
傷付けられた虚しい心

人間であることの理由
理由なき実在

まだあなたの叫びが聞こえる

ルイス・メンデスオナ*へ

誰もあなたが最初に死んでゆくとは知らなかった
あなたが拳のような糸杉を植えたとき
そしてあなたが約束通り真冬に森にやって来たとき
閉じられたあなたの手は　熱烈な寓話の中で
まるで一本のハンマーのようであった
それは火のついた胸の中でどんなオルゴールであったのか

しかし敵の鍵の中でファゴットが鳴っている
レクイエムの最初の小節が
壁と溝の上で

生きることは額を上げることである
鎌

自由
人々の運命
話すことがイラクサを噛み砕くことであるとき
それとも胸の中で鎌の一振りを準備しているとき
鉄と鉛、それらはおそらく憎悪
索具に掛けられ腐敗してゆくことへの怖れ
ひとつの釣り具…
そのとき死を引き受けるため
あなたが選ばれし人になろうとは誰も知る由もなかった

広げられたあなたの腕の後ろでは
一つの窓が開かれようとしていた
我々の村の暗い朝の中
連打の兆しの中で
そしていよいよ恐怖の限界が近づいていた

まだあなたの叫びが聞こえる

＊＝ルースの父親の政治的同伴者。ビベイロの共和派急進社会主義党の党首を努めた。

弓張りのように

艸と手

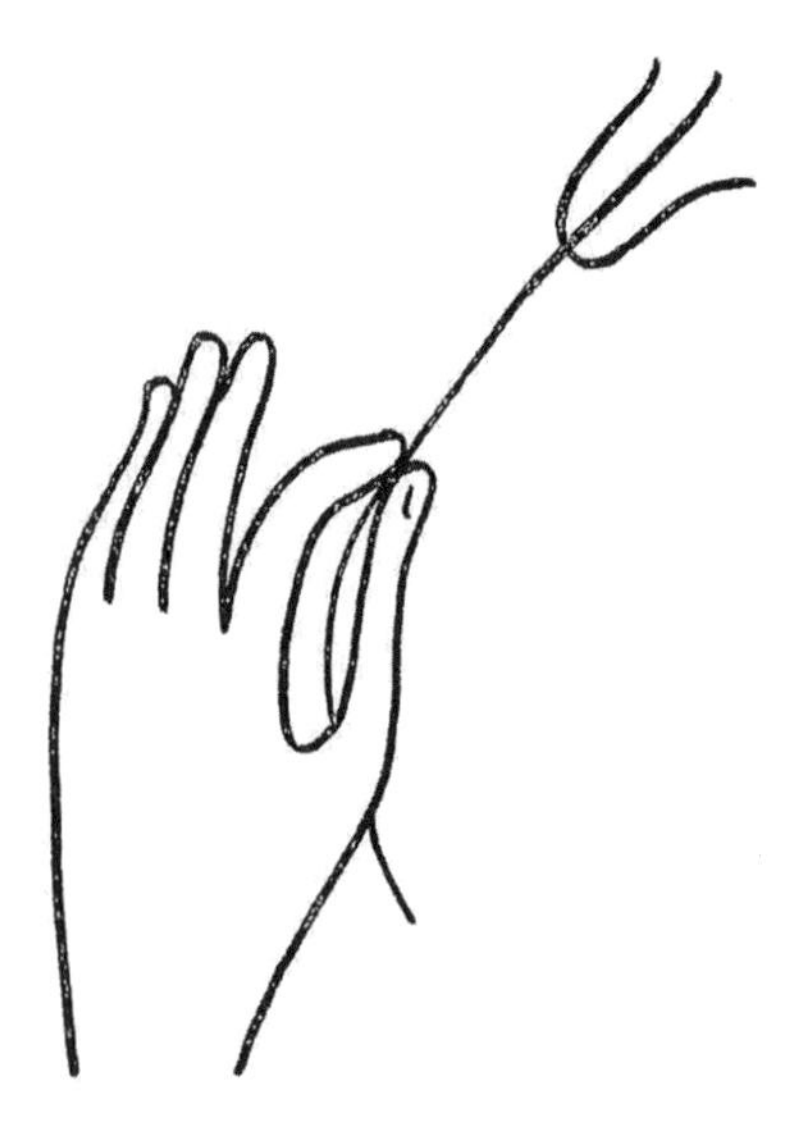

少女時代の回想

それは金髪を棚引かせた希望の中の
喜びの息吹を賚す
花咲く季節であった

それは真水の雨の光で
彩られた
無垢な唇と
翳さへない地平線の
開かれた都市への熱望であった

それはほの暗さもない私の明るさの
鏡の魔法の中の微かな朝の
夜も少しの苦悩もない時代であった

性急に始まった
川のような生に沈みこんだころ
それは我々を死へと導く柔らかな曲線

そのころは森を知り周りの空間や
椿を濡らす清らかな雨の日と
競うことができた

また、生存の真っただ中にいて
的を得た反応が
自由な弓を張っていた

私は限界を越えた
半透明な距離を
指標の石にしたがい
小糠雨

時代
夜

言葉と苦悩の支配の中の不可能な行い

少女時代の処女の場所に向かって転がりながら
岩に降る雨の驚きを受け止めながら
陽の落ちる夕暮れが影の痕を見せるとき

花の説教の解釈

捜しながら歩いてはならない
一つの花は単に一つの花でしかない
それとも秘められた幸運になりうるか
刈り取り時の茎のように
それとも多分底に穴の開いた
コップであるのか
一つの花は人間の最後の
喘ぎでしかないのか
時間のない水車の運河の保水のように
真夜中にハープを聞くときの
人の神髄
それとも草の葉先をそよ風が吹くとき

花がどのような存在でありうるか我々は何を知っているのか
聖なる綱を揺らし、空気の中に消えていく
祈りの言葉は嘆きの言葉なのだろうか
そして暗闇には煌めきと闇がある
財宝を手にするときその手は空（から）である
そして我々は海を見つめ　そして空（そら）と出会う
そしてもう一度見つめる
そしてその時我々は空に出会い、そして海と出会う

花は誰にも渡されはしない
しかし花はすべてを教えることができる
水の一滴は一つの宇宙であり
開かれなかった本のページ
轍を残さない
本来の車輪
時の止まった水銀のない鏡
糸杉の森の

そぼ降る雨音とともに
そこでは魂の渇きに
近づく泉が沸騰している

おそらく一つの花は
地上で割れる完璧なダイヤモンド
しかしあなたはその断片を拾おうとはしない

論理の帰結

あの人は手にした点数盤を
指で数えていた
そして足の指で
放物線を描いた

あの白髪のない頭
あの意味もない黙想
あの記憶のない想い出
あの不確かな状況

あなたは軌道に出くわしたかも知れない
あなたは音節を足し算できるようになったかも知れない
あなたは無限大をさらに拡張したかも知れない

あなたは地球を発見したかも知れない

想い出の中にアンテナを取り付けねばならない
メッセージと嘆きとを拡散せねばならない
空間の限度をなくさねばならない
抽象的な実在について説明しなければならない

あなたはスイレンの育つ場所を知っていた
あなたは午後の輝きを知っていた
あなたは四季を数えることができた
あなたは時間の確実さを無視していた

今、省略された終末を思っている
今、太陽のリンボの求積を予定している
今、愛の定理を明らかにしようとしている
今、死とアルゴリズムを解き明かそうとしている

ピアノソナタ第14番　月光

フライ・ルイス*のように

クレッシェンドの噂の線のように
ミュートのない半音階のアダージョ
清澄な明るさの中を音の波が流れる
月の光の郷愁が
柔らかな明るさの中を滑る　記憶

突然、空の天頂は
暗がりの
沈黙の中　まるで動かない川に見える

ルードビッヒ　ヴァン　ベートーヴェンの
この火のついた夜を聞く人々よ
聾者や不運な者たちに何ら不都合があろうか？

ここでは月光の輝きが星の煌めきと調和する
聞くことで神秘性はいや増すばかり
その前兆が鏡のごとく影を引き裂くとき

言葉は唖者として留まり
音楽が天の状況と一致し
正確な煌めきを引き受けるときに

何故なら時は薄れゆき、姿は消えていく
凍み切った音楽の調べは
死に等しい啓示へと到達する
そして魂は鎮められる
夜の封印から
いったい誰が眠れない光を外したのか？

前兆を伴う繰り返しの歌は

心を打つ
あぁ、夜の星の暗い陰よ！
あなたはどんな言葉を我々に残すのか？
輝く波はどこから我々に届くのか？
存在することの苦悩
　　　　　　　　　聞くこと
　　　　　　　　　　　意識すること？

多分、神の言葉の永遠性は
暗闇を壊し
忘却は
理性と失われた記憶を取り戻させ
そして死を実在の鏡となす

＊＝十六世紀ルネッサンスの重要な作家。その詩は苦行的でプラトン的な色合いが強い。

一七九一年十二月五日ウイーンにて

墓地の前に
小さな鳴き声が響いた
飼い主を捜す
音楽家の子犬

影は彼の軽い体を
投影し
孤独の形をして
側溝のトウモロコシの中に舞い降りる
離れた集団は
大蝋燭と青白い光の雪の下に
—レクイエムの重厚なるファゴット—

子犬の願いは
理解されない

大地の鍬の一打
たくましい墓
墓穴
穴
柩
最期の祈り
「ド」マイナー
主人のいない
犬

誰も知ることができない

サン・マテオ・デ・バッハの
マタイ受難曲と同じ目をした女が
どこに行くのかは
誰も知ることができない

これからも知ることはないであろう
彼女は唇で施された物を運ぶ
死の前兆である皆に突きつけられる質問
都市の夜の暗闇が深くなるとき
おそらくそれは傷付いた長い川

誰も知るべきではない
生が与えた限界を両手に持つ女が

どこから来たのか？
時間が一冊の本のように
閉じられるとき

解説

一、訳者解説～ルース・ポソ・ガルサについて

桑原　真夫

おいたち

Luz Pozo Garza（1922~2020）は詩人にしては極めて長寿であった。亡くなるまで、詩人として、芸術家として、その活動は止まることはなかった。彼女は詩人であると同時に、現役の画家でありピアニストであった。絵画は抽象画家として何度も個展を開く腕前であった。ピアノはマドリッドとア・コルーニャのコンセルバトワールのピアノ科を卒業している。その上、金髪でスタイルがよく、スペイン人女性の中でも際立った美人であった。

ルースの住居はスペインの北西部のガリシア州の港町ア・コルーニャ（スペイン語ではラ・コルーニャ）にあった。高台にある彼女のアパルトマンからは、ア・コルーニャの港を挟んでローマ時代の灯台である「ヘラクレスの塔」が遠望された。

ルースには三人の子供がいる。長男のゴンサロ、長女のモニカ、次女のルースである。三人とも大学の先生をしている。モニカはアイルランド人と結婚したため、現在はダブリンに住んでいるが、長男と次女の家族はルースのアパルトマンの近くに住んでいる。

ルースの家系は十四世紀までも遡れるガリシアの名門、フェイフォー・モンテネグロ家に属

する。ルースが七歳のとき、家族はリバデオから同じルーゴ県のビベイロに転居する。このころから彼女はピアノとバイオリンとリュートを始める。十二歳から十三歳の中等教育の期間には文学に目覚める。ギリシャ、ローマ、エジプトの古典にも造詣を深める。また、自然科学、物理学、化学、宇宙科学にも傾倒する。

父親は獣医であったが、共和派左派に属していたため、スペイン内戦の初期に国家警察により逮捕される（この間、ルースは母親とともにルーゴの安宿で暮らす）。その後父親は釈放されたが、内戦の拡大による身の危険を考え、一家は両親とルースの三人でモロッコのレレーチエに亡命する。一九三九年にはルースの唯一の兄妹であった兄ゴンサロが、ハカの戦いで負傷し病院で亡くなる。まだ二十歳の若さであった。ルースは十六歳の少女時代真っ盛りの年齢であった。

一九四〇年には、終戦により父親は獣医検査官として復帰し、一家は再びガリシアのビベイロに帰国した。学業を再開し、多くの高名な恩師に恵まれる。一九四四年、ホセ・マリア・カサリエゴ学校を終了。この年、高校の数学の先生であったフランシスコ・バスケス・ラムードと結婚する。一九四六年には長男ゴンサロが生まれる（兄と同じ名前を命名）。一九五九年には長女モニカが、一九六二年には次女ルース（母親と同じ名前を命名）が生まれる。

ルースの詩の才能は早くから芽生え、一九四九年には最初の詩集『アンフォラ』（スペイン語）を出版する。その後もルースはガリシアの詩界に長く、深く関わってゆく。一九五〇年にはガリシア王立アカデミーの学芸員となる。その後、バダホス、コルクビオン、ア・コルーニャで教職に就く。一九七七年にはビーゴに転居、准教授として教鞭を取り続ける。このころ詩人エドワルド・モレイラスと知り合う（一九七五年より同棲を始める）。前夫との離婚手続き終了後、一九八二年に二人はビーゴで晴れて結婚する。彼女にとってこの輝かしい時期の詩作品の一つが、本著ガリシア語の詩集『秋のコンチェルト』（一九八一年）である。

エドワルド・モレイラスは一九一四年にキローガ（ルーゴ県）で生まれた。フランスのシュルレアリスト、ポール・エリュアールの詩集をスペイン語に最初に翻訳（一九五五年）したことで知られる。彼は、生涯、海を対象とした詩を書いた。三十五歳のとき、三人の子持ちのオルガと結婚。また、ガリシア王立アカデミーの正会員となる。

一九八七年、ルースは教職を定年退職する。一九九〇年には「トマス・バロス随筆賞」を受賞。一九九一年には「ガリシア州女流作家賞」を受賞。一九九二年には「ミゲル・ゴンサレス・ガルセス賞」を受賞。一九九五年には「カステラオ賞」を受賞。一九九六年、ガリシア王立アカデミーの正会員となる。この間、一九九一年に再婚相手の詩人エドワルド・モレイラスが逝去（享年七十七）。エドワルドの死によりその悲しみが爆発するかのように、彼女の創作活動は益々旺盛になる。

二〇〇一年には「セナノバ・カサ・ポエータス賞」を受賞、二〇〇六年には「ガリシア語著作者協会賞」を受賞。二〇〇九年には「ガリシア語詩批評賞」を受賞。二〇一〇年には「イルマンデス・ド・リブロ賞」を受賞。二〇一四年には「ラシェイロ賞」を受賞。また、二〇一三年、二〇一四年、二〇一六年、二〇一八年と立て続けに詩集を出版。ガリシア王立アカデミーでも重鎮の存在となる。メディアからも頻繁にインタビューや原稿の依頼を受ける。また、ノーベル文学賞の候補の一人にも上げられる。
二〇二〇年四月二十日、ア・コルーニャの自宅にて永眠。九十七歳。

ルースの詩について

ルースの処女詩集は一九四九年彼女が二十六歳のときビーゴで出版した『アンフォラ』である。これはカスティーリャ語（スペイン語）で書かれた詩集である。スペイン語の詩集は他に『放浪者』（一九五二年、リバデオ）と『風の約束』（一九六二年、ビベイロ）がある。ルースはこの3冊を除き、すべての詩集はガリシア語で書いている。（但し、後年バイリンガル詩集として2冊だけスペイン語に併訳をしている）
最初期の作品を見てみよう。『口の中の鳥』（一九五二年）というガリシア語の詩集がある。その詩集に収載されている最初の詩が、本の題名と同じ「口の中の鳥」である。

あなたの鳥たちに雨は優しく降り注ぐ

私の木の上に　そしてまた
あなたを讃える私の唇の上に
私は大地のようでありたい
それともあなたの膝のうえの木苺でありたい

と、始まる。彼女の象徴主義とエロティシズムが注目された詩集である。短いこの詩の最後はさらに蠱惑的である。

あなたのふるさとの香りを嗅ぎながら
あなたの胸の　新しい　濡れた鳥
愛するひとよ　私はここにいる　ここに降り注いで

ルースは愛するひとに焦がれる鳥となり、身悶えしている。ルースは明らかにギリシャ神話のダナエをイメージしている。ティツィアーノやレンブラントやクリムトをはじめ、幾多の画家たちがその濡れ場を描いてきた、黄金の雨に姿を変えてゼウスがやって来る場面である。彼女は恋人が黄金の雨に化身してやって来るのを願っている。彼女の最初のスペイン語の詩集にも「ダナエの叫び」という作品があるが、すでにそのエロティシズムの表現は明白である。

ルースとエドワルドは一九七五年より同棲を始めるが（ルース五十三歳、エドワルド六十一歳）、その翌年出版された詩集『最後の言葉』を見てみよう。この詩集からは一転、詩の言葉は意識的、挑戦的に単語だけの配列に変わっている。「手紙」「孤独」「潔白」「親密」「微」「もしかして」「夜」「春」「雨」「言葉」「通過」等々、どの詩も一行に一つの単語もしくは数語の単語があるのみである。「雨」という詩、

落ち来る
雨
ゆっくりと
やわらかく
嗚咽のように
いつまでも
奇跡を知っている
暗い頬に
嗚咽のように
影を取り戻す記憶のよどみ
思い出

そして失われた
空間
不運の庭に
雨

と、続くのである。待ち焦がれる愛の結晶とでも言うべきか。エドワルド・モレイラスとの正式な結婚の前後の詩集を見てみよう。『最後の言葉』とは相当に趣が異なってくる。一九八一年の本著『秋のコンチェルト』と一九八六年の『カリクトゥス写本』には共通のテーマが流れている。

ビーゴ、我が聖地

ビーゴ、我が聖地、港に寄せ来る
波たちよ　私からビーゴの愛を盗んではならない
秘められた　航海の大波よ　あなたは
友の不在の冷たさに　泣かねばならない
（中略）

そして長い夜に　私は私の船頭に
乳房を与えていた。海は傷付けていた
帆もなく櫂もなく　お気に入りのチュニックを着て
フォンフリアに向けて　友と　ワインを飲みながら
スカートはきつく締め

秘密の聖地
ビーゴ

今ビーゴの港を共に見つめて

エドワルドへ

私はビーゴの海を愛した
天体の教義を覆す光を愛した
港に朝ごとに生まれる
湾曲をなす光の一体

（『秋のコンチェルト』）

あなたは待っていた
愛の始まりだった

ラ・ギアの方角に雨が小止みになるとき
私は特別なその場所を愛した
そして朧な海が―天のパラフレーズ―
光を抱擁する
海鳥が曲線を描き始めるその王国を私は愛した
北国の透き通った秋に
愛に死ぬメロディーのように
（下段略）

（『カリクトゥス写本』）

神々しいまでの愛の賛歌である。二人切りの生活が始まった夢のような生活に、二人はビーゴの海の光に包まれながら恍惚の時を過ごしている。それはまるでガリシアの中世の吟遊詩人マルティン・コダックス（コダス）が歌った「ビーゴの海の波」と同じ情景ではないか！ そして長い間待ち続けていたルースの気持ちが報われたことは、ダンテの新曲「パオロとフラン

セスカ」を想起させる。（本著の「自暴自棄の歌」末尾ご参照）

その後のルースの詩風の変遷を追ってみよう。一九九一年に最愛のエドワルド・モレイラスが七十七歳で他界する。前夫を捨てて新しい恋人に走った炎のような女性にとって、その悲しみはいかばかりであったろうか。それ以後の彼女の作品はエドワルドへの愛が益々昇華した形となって現れる。一九九二年に出版された詩集『蓮の花への約束』の最後のページの詩は次のようになっている。

光の
鳥は
知っている
翼を広げ
ひかりを
驚かせる
ことが
で
き
る
か
？
あなたは
目の見えない
鳥のように

光に驚いて翼を広げている、彼女独特の鳥の文様の詩である。（アポリネールの造形詩の影響が見られる。）これはルースの抽象画とも通じるものがある。オリビア・ロドリゲス・ゴンサレス（ア・コルーニャ大学教授）は「愛した人の墓標に捧げる献花」であると言っている。そして詩集『蓮の花への約束』について「愛する人の死からの慰めをテーマとするエレジー（悲歌）である。全体的に見て、普遍的な抒情詩を有する、古来の一般的伝統との結びつきが見られる」と付け加える。

また、カルメン・ブランコ（サンティアゴ・デ・コンポステーラ大学教授）はこの詩集について「死を越えた愛の告白が盛り込まれており、神聖なまでに愛の象徴となっている」「ルースの詩の世界は、人生と詩の融合、つまり相互依存しあう愛、生命と自由の賛歌といったテーマの融合や、それらのテーマの中にある一つの総体的な神秘の超越性が際立っている。即ち、それは存在するものの影を生み出し、永遠に残る言葉の輝かしい記憶を作り出す鮮明な光である」と述懐する。

ルースは一九九六年に『ロサリアとの対話』によりガリシア王立アカデミーの正会員に認められる。ガリシアの詩人である限り。ロサリア・デ・カストロを避けて通るわけにはいかない。ロサリアとの精神的な架空の対話、精神の一体化を通して、ルースはロサリアのリリシズムを（多くはないが）取り入れてゆく。

このようにルースの詩は長い詩歴として、超現実主義や前衛的な詩を経験した後、エドワルド・モレイラスやロサリア・デ・カストロの影響を強く受けながら、多くの文学者たちとの交流を通じて、多面的な象徴主義へと移行していった。ルースの言葉を借りれば、「私の詩にはすべてがある。シュルレアリズム（超現実主義）があり、象徴主義があり、ロマン主義があり、リリシズムがあり、リアリズムがある」。

二、『ルースという星座』ガリシア州政府出版特集号序文より抄出

オリビア・ロドリゲス・ゴンサレス（ア・コルーニャ大学教授）

二〇二二年はルース・ポソ・ガルサの生誕一〇〇周年、そしてガリシア語での処女詩集『ロの中の鳥』が出版されて七〇周年に当たる。ガリシア州政府による今回の特別企画展は、ルース・ポソ・ガルサの芸術的人生における画期的出来事を紹介し、ガリシアの詩と文化における彼女の極めて個性的な声と、新しい未来世代にとって規範となる特別な価値を伝える試みである。

星座という言葉は、経験と芸術的表現とが見事に融合した作家の人生の旅路において道しるべや道標の役割を果たす。この暗喩はまた、彼女の詩における光を巡る言語的、象徴的要素と一致し、自律的で詩的な告白の中で何度も繰り返されるリフレインとなっている。また、幾何学的建築、音楽的リズム、生命の神秘の中で光を探し求める言語の斬新的浄化を特徴とする卓越した詩の象徴である「椿」や「鳥」とも合致するものである。

「星座と」言う理由

（一）なぜなら、彼女はガリシア文学に沈黙を余儀なくさせた、一九三六年の破壊をもたらし

た大混乱時代に生き、カルメン・クルッケンベルグ、マヌエル・クーニャ・ノバス、トマス・バロス、アントニオ・トバル（彼らをX.L.M.フェリンは「絆の同志たち」と命名した）と共にガリシアの詩的言語を再構築したからである。

（二）なぜなら、彼女は歌う者たちに与えられる星を額に印していたからである。彼女の作品は先駆者である詩人のロサリア・デ・カストロの詩がガリシア文学にもたらした整合性のさらなる証左である。また、長寿を全うしたことでガリシアの女性作家たちを質量ともに主役にする斬新な詩の台頭を可能とし、その根源的母体を結びつける能力を具備していた。

（三）なぜなら、彼女が触れた物はすべて、詩を通して夢見る星の材料となったからである。彼女はその旺盛な好奇心と知性とによってガリシアの神聖なる自然を背景とし、東洋の精神性、西洋の神秘主義、さらに、何よりも汎神論的、宗教的生活体験の奥深くに秘められた領域に入り込む術を知っていたのだった。

・ルースの人生を解釈するための重要な時期

◆ルースはMariña Luguesa（ルーゴ海岸）で幼少期を過ごすが、フランコによる弾圧から逃れるためにアフリカに渡ることで生活は中断された。そして帰国後結婚し、修学して、詩を出版する。

◆初期の作品はスペイン語の詩集とガリシア語での詩作であった。このことはガリシアとマドリッドにおける、彼女の文学的結びつきにより説明がつく。

◆詩人は教師であり批評家である：エミリオ・アラスコ・ロラハはその文学的分析方法により、ルースが、ピメンテル、クンケイロ、セオアネ、そして中世の吟遊詩人に対し、輝かしい多くの批評を残したことを指摘している。

◆詩友のエドワルド・モレイラスとの詩的な愛の対話の精緻化、知識としての詩の考察、雑誌「ノルデス」と「クラーベ・オリオン」において実践された複数の文学領域間のコミュニケーション。

◆完全な自由における創造、死は存在しないという考え方によって、愛の悲哀を乗り越える主題が太宗を占める。（愛は死を超越する）

◆晩年にはナイとドルイダ（守護の母と聖なる賢女）となって神話的かつ神秘性に密着した詩を創作した。

・ルースの作品を解釈するためのキーポイント

詩的作品ばかりでなく、批評的思想や他の芸術的表現から、ルースの詩と芸術は以下のように分析することができる。

◇原始象徴主義：自然は真の詩人のみが解読可能な隠された神秘的な印の神殿であるという巨匠ボーヴォワールとの見解の一致。

◇プラトン主義：神々の息吹に触発され、物事を超越する上昇運動の中で詩人は美を通して真理を求める。

◇芸術家の運命：すべての芸術は一つである（彼女が詩人であり、同時にピアニストであり、画家であったことも関連付けられる）。

◇ヨーロッパと東洋を源流とする個人的神秘主義へと向かう、前キリスト教的、ガリシア式汎神論的な宗教性。

◇他のテーマを打ち消すことなく支配する愛の詩。

◇社会詩は実存詩の進化系ではなく、共に反保守主義を特徴とする。

◇フェミニズムの詩、女性として戦った独立と自由の表現。

◇文化主義的な詩、他の文学的な声にアプローチする方法としての相互に教化的な対話が重ねられた。

三、ルース・ポソ・ガルサ（リバデオ1922～ア・コルーニャ2020）

京都セルバンテス懇話会発行『スペイン学』第23号 2021/3/30 より

桑原　真夫

2000年5月3日、パドロンのロサリア記念館、学芸員のマイテ・ピネイロの案内で私は一人の詩人を紹介された。背筋をピンと伸ばしたスタイルの良い金髪の女性であった。「ガリシアで最も有名な女流詩人のルース・ポソ・ガルサ女史です」と説明を受けた。その美貌は若かりし頃はスペイン中のあらゆる男性を夢中にさせたであろうと思われるほどの美人であった。この日はサンティアゴ・デ・コンポステーラ大学（以下USC）で「ロサリア没後115周年記念」のシンポジュウムが行われることになっていた。ロサリア記念館に集まった関係者が数台の車に分乗して、USCに向かった。私もなんだか意味の分からないまま車に乗ってUSCまで運ばれた。

大学に着くと私たちは大講堂の檀上に座らされた。座らされたと思ったのは私だけで、他の者は皆席が前もって決められていた。ひな壇に並んだ順番は、ロサリア記念館会長のAgustin Sixto、ガリシア王立アカデミー正会員のXesús Alonso Montero教授、Xosé Manuel Salgado教授、Margarita Leon Andión教授、そしてLuz Pozo Garzaであった。アロンソ・

モンテーロ教授以下全員がガリシアのアカデミアンであり、ロサリア・デ・カストロの専門家であった。

シンポジュウムは大勢の学生たちを前に白熱した議論がなされた。翌日の新聞にはそれが大きく報道され、私もロサリアの研究について個別のインタビューを受け写真入りで記事になった。日本から何十回目のパドロン訪問であったが、いつものようにロサリア記念館を訪れた日がたまたまシンポジュウムの日であり、無理やり「日本からのロサリア研究者」としてシンポジュウムに参加させられたのであった。

それから私はルースと何度も手紙のやりとりをし、メールで彼女の詩について議論した。２００７年６月にはア・コルーニャの彼女のアパートを初めて訪れた。ところが出てきたのはまったくの他人であった。彼女は直前引っ越しをしており、せっかくのサプライズも無駄に終わった。そして２０１１年10月、今度はア・コルーニャのロス・ロサーレスにある彼女の新しいアパートに改めて訪問することができた。ルースとともに、長男のゴンザレス夫妻、次女ルースがこぞって迎えてくれた。この三人は皆ア・コルーニャ大学の教授であった。

ルースは彼女の作品のすべての日本語への翻訳権を私に与えてくれた。そして、早速、彼女の作品の中で最もロサリア・デ・カストロの影響の強い詩集<Vida secreta de Rosalía>を日本語にすることが決まった。この詩集はガリシア語のため、長男の嫁カルメンが私の（日本語への）翻訳のため、スペイン語版を送ってくれた。こうしてガリシア語の原文と、スペイン語の翻訳本を見ながら私の翻訳作業が始まった。
一時は、ノーベル文学賞候補にも挙げられたルースであるが、その作品は多岐に亘り、また彼女が長寿であったこともあり、死の直前まで創作意欲は衰えることはなかった。彼女の作品の内容、特徴については私の翻訳本『ルース・ポソ・ガルサ詩集（ロサリアの秘密の生涯）』（土曜美術社出版販売、２０１２年）に詳しく説明されているので、ご興味のある方はご一読願いたい。

彼女は詩人であると同時に、ピアニストであり、画家であった。私が彼女を訪れる度、居間にあるピアノで一曲弾いてくれた。絵画についても彼女は玄人であり、個展を何度も開いている（しかも彼女の絵は抽象画である！）。

２０１９年6月3日、私はマドリッドのバラハス空港第四ターミナルにいた。バラハス空港は近時大型空港として拡大し続けている。その一環として、イベリア航空は第四ターミナルに一局集中するようになっていた。私はその日11時40分発のIB3874便でマドリッドからサンティアゴ・デ・コンポステーラ（以下、サンティアゴ）に飛ぶことになっていた。
サンティアゴまでは一時間そこそこのフライトであるので、空港には一時間前くらいに着いておけば充分であろうと判断していた。いざ、第四ターミナルに着いて、サンティアゴ行きに並んでみると、どうも様子がおかしい。ものすごい列なのである。はて、何でサンティアゴ行きにこんなに並ぶのであろうかと不審に思いよくよく見ると、国内便と国際便とが一緒に並ばされている。これでは、チェックインの窓口に自分が到達するまでとても一時間では不可能である。案の定、30分くらいするとサンティアゴ行きの案内がモニターから消えてしまった。慌てて近くの係員に「自分はサンテイアゴに行くのだが、モニターから案内表示が消えてしまったが」と問い詰めた。係員は平然と「残念ですがもうサンティアゴ行きは締め切りました。改めて切符を買いなおして下さい」との宣告であった。

私はすぐに列から離れ、港内のチケット売場に急いだ。何とこの場所も先ほどと同じく長蛇の列である。一時間ほど並ばされて、やっと自分の順番がきた。私は窓口の女性にこれまでの経緯をブツクサとぼやいた。しかし彼女にとっては何ら関係ないこと、機械的にその日の夕刻の19時50分発のIB3880のチケットを私に渡しながら「今度は十分時間がありますよ」と言った。

これでサンティアゴへのフライトは確保された訳だが、午後三時にはサンティアゴのホテルにハイヤーが私を迎えに来ることになっている。この車でサンティアゴからア・コルーニャに行き、ルースの家を訪問することになっている。すぐにHISのバルセロナ支店に電話をして事情を話した。返ってきた返事は「運転手は午後三時からという契約で待機しているので、今更変更はできない」とのこと。前払いしている61,900円は水の泡となった。

そしてルースにも連絡をとらねばならない。サンティアゴに着くのは21時5分であるので、それからタクシーを拾ってア・コルーニャに着くのは深夜になる。彼女宅への訪問はキャンセルせざるをえない。しかし私は彼女の電話番号を持ってきていなかった。そこで東京の私の長女に電話して、長女のほうからメールでルースに事情を説明してくれるように頼んだ。

暫くして長女からメールが入った。「いくら遅くなっても良いから必ず自宅に来てください。食事も準備しています」との返事であったとのこと。そしてルースの自宅の電話番号も添えられていた。私はすぐにルース宅に携帯電話で電話をかけた。出てきたのは長男の嫁のカルメンであった。

私はこれまでの経緯を彼女に説明し、ホテルに着いてア・コルーニャに向かうにしても11時くらいになり、ご迷惑をかけることになるので今回の訪問はキャンセルしたいと申し出た。彼女は義母はいつまででも待っていると言ってますよと私に言った。「それではホテルに着いてア・コルーニャまで行ってくれるタクシーが捕まるかどうかトライはしてみます」と私は答えた。「どうか宜しく」と言う彼女の返事には「多分、無理なんだろうな」という失望の色が見えた。

やっとサンテイアゴの宿ロス・レイエス・カトリコスに到着した私は、どうせ駄目だろうと思いながらこの時刻にア・コルーニャまで往復してくれるタクシーは捕まらないだろうかと尋ねてみた。内心は今日一日のゴタゴタで疲労困憊しており、早く部屋に入ってベッドで横になりたい気持ちだった。ところがコンシエルジュは「当ホテルお抱えのタクシーがありますから、それでア・コルーニャへの往復をされれば宜しいかと」とのことであった。早速部屋に入って着替えをして用意してくれたタクシーに乗って深夜ア・コルーニャへと向かった。車内から私はルースに電話を入れた。出てきたのはルース本人であった。「これからそちらに向かいます」という私の言葉に「えぇ！」という驚いた返事であった。もう私が来ることもなかろうと、集まっていた家族も皆帰宅してルース一人になっていた。

こうして私は午後11時を過ぎて、九十七歳の高齢の詩人の待つア・コルーニャに到着したのだった。彼女はいつものように優しく私を迎えてくれた。九十七歳で一人暮らしをしている彼女は何かと不自由の様子であったが、早速ワインとおつまみのいくつかを出してくれた。その上、台所で私のためにわざわざガリシア料理を作ってくれたのであった。

彼女は「もう私には要らない本と絵はすべてあなたにあげます」と言って、彼女の多くの著書と何枚もの絵画を渡してくれた。料理とお土産に恐縮する私に彼女は終始老体にムチ打って元気に接してくれた。もう夜中の12時を回っている。「タクシーも待たしてあるので、そろそろホテルに帰ります」と言うと残念そうに（最後の別れの意味であったと思われる）悲しそうな目をして私を見送ってくれた。

私はルースに日本から「日本の四季」という大きな写真集を持参した。彼女は喜んでくれたが、その目はどこか遠くを見つめていた。彼女はすでに自分の死期を予感していたのであろう。

２０２０年４月21日、朝方、何となくルースのことが気になってインターネットのWikipediaでLuz Pozo Garzaを画面に出した。すると、いつもは空白の生年月日の死亡欄にあたるところに、20 de abril de 2020 とあるではないか！　急いでガリシアの新聞 La voz de Galicia を検索した。その新聞の第一面に「ガリシアの大詩人ルース・ポソ・ガルサ九十七歳で逝去」とあるではないか！　虫の知らせであったのか、時差から考えるとルースの死は私がワープロを開く数時間前であったようである。

私はすぐにルースの家族宛てお見舞いの手紙を書いて投函した。ところがその手紙は数日後郵便局より返却されてきた。何と新型コロナ・ウイルスの関係で現在はスペイン行きのフライトが飛んでいないからという理由であった。それから2か月ほどして改めてルースの家族宛ての手紙を投函した。この時は無事届いたようである。

2019年の6月にルースを訪ねてまだ一年もたっていない4月にルースは亡くなってしまった。頂いた多くの本（どの本にも丁寧に直筆のイラストとサインがなされている）と多くの絵画。いずれも私の本棚に眠ったままである。彼女との約束で決まっている詩集『口の中の鳥』と『秋のコンチェルト』の日本語への翻訳の作業を始めねばならない。コロナ禍の世界の惨状を横目で見ながら、翻訳意欲が湧いてくるのを待っている日々である。

（くわばら　まさお　ガリシア文学者）

ルース・ポソ・ガルサ年譜

一九二二年（当歳）
七月二十一日ルーゴ県リバデオで出生。家系は十四世紀まで遡るガリシアの名門フェイフォー＝モンテネグロ家。

一九二九年（七歳）
父親が州政府獣医検査官として同じルーゴ県のビベイロに就職。家族とともに転居。

一九三〇年（八歳）
このころよりピアノ、バイオリン、リュートを始める。リバデンセ・プリエト・クッセント学校に通う。

一九三六年（十四歳）
この年から一九三八年まで、父親が共和派左派であったことから国家警察に逮捕される。この間、家族はルーゴの町の安宿で暮らす。（スペイン内戦：一九三六年七月〜一九三九年三月）

一九三八年（十六歳）
釈放された父親とともに家族はモロッコのレレーチェに亡命。大学受験資格の勉強を継続。

一九三九年（十七歳）
唯一の兄妹であった四歳年上の兄ゴンサロがハカの戦いで負傷し、病院で亡くなる。（享年

二十）
一九四〇年（十八歳）
終戦により父親が獣医検査官として復帰。家族と共にビベイロに帰国。
一九四四年（二十二歳）
ホセ・マリア・カサリエゴ学校を終了。同年五月、化学の学士であったフランシスコ・バスケス・ラムードと結婚（彼女の数学の先生であった）。マドリッドの王立コンセルバトワールでピアノ科とソルフェージュの基礎課程を修了。
一九四六年（二十四歳）
最初の子供、長男のゴンサロが生まれる。教員資格取得のため、ア・コルーニャとルーゴで受験し合格する。一方で、「ラス・リベーラス・デル・エロ」「ラ・ノーチェ」「ポエシーア・エスパニョーラ」「ビーダ・ガジェーゴ」等の出版に携わり、初期の作品を発表。
一九四九年（二十七歳）
処女詩集『アンフォラ』（スペイン語）をビーゴで出版。
一九五〇年（二十八歳）
ガリシア王立アカデミーの学芸員となる。一九六五年までビベイロに居住。ア・コルーニャの王立コンセルバトワールでピアノ科上級課程を修了。オビエド大学で哲文学の学士号を取得。
一九五九年（三十七歳）

長女モニカの誕生。
一九六二年（四十歳）
次女ルースの誕生。
一九六四年（四十二歳）
高等学校の語学・文学専任講師試験に合格。バダホス、コルクビオン、ア・コルーニャにて教職に就く。
一九七六年（五十四歳）
一九七五年から七六年にかけてトマス・バロスとバイリンガル誌「ノルデス」「レビスタ・デ・ポエシーア」「クリティカ」を共同主宰。但し、女性のため肩書は副編集長のままであった。
一九七七年（五十五歳）
ビーゴに転居。ポンテベドラ県のニグラで専任教授になるまで、ビーゴで准教授として教鞭を取る。（一九七五年より詩人エドワルド・モレイナスと同棲）文学雑誌「ノルデス」を単独で主宰。
一九八二年（六十歳）
前夫との離婚手続きの後、エドワルドと正式に再婚する。
一九八七年（六十五歳）
教職を定年退職する。

一九九〇年（六十八歳）
エッセーにより「トマス・バロス随筆賞」を受賞。
一九九一年（六十九歳）
「ガリシア州女流作家賞」を受賞。この年、エドワルド・モレイナス死去（七十七歳）。
一九九二年（七十歳）
「ミゲル・ゴンサレス・ガルセス賞」を受賞。
一九九五年（七十三歳）
「カステラオ賞」を受賞。
一九九六年（七十四歳）
十一月二十六日ガリシア王立アカデミーの評議会理事（正会員）に推挙される。入会論文は「ロサリアとの対話」であった。
二〇〇〇年（七十八歳）
ア・コルーニャ大学のロサリア没後115周年記念講演会で訳者はルースと同じ壇上に座る。
二〇〇一年（七十九歳）
「セナノバ・カサ・ドス・ポエータス賞」を受賞。
二〇〇六年（八十四歳）
「ガリシア語著作者協会賞」を受賞。

二〇〇九年（八十七歳）
「ガリシア語詩批評賞」を受賞。
二〇一〇年（八十八歳）
「イルマンデス・ド・リブロ賞」を受賞。
二〇一二年（九十歳）
日本で初めてルースの詩集の翻訳本が出版される。『ルース・ポソ・ガルサ詩集（ロサリアの秘密の生涯）』（桑原真夫訳、土曜美術社出版販売）
二〇十四年（九十二歳）
「ラシェイロ賞」を受賞。
二〇一八年（九十六歳）
最後の詩集『Pazo de Tor』を出版。
二〇一九年（九十七歳）
「オテロ・ペドラーヨ基金賞」を受賞。
二〇二〇年（九十七歳）
四月二十日、ア・コルーニャの自宅にて九十七歳で永眠。
二〇二二年　ガリシア州政府によりルース・ポソ・ガルサの伝記『ルースという星座』が出版される。

二〇二四年　ルース・ポソ・ガルサの二冊目の日本語訳詩集『秋のコンチェルト』（桑原真夫訳、思潮社）が出版される。

（桑原真夫編）

ルース・ポソ・ガルサ主要著書一覧

[スペイン語詩集]

『アンフォラ』(Ánfora) 一九四九年、ビーゴ刊。
『放浪者』(El Vagabundo) 一九五二年 リバデオ刊
『風の約束』(Cita en el viento) 一九六二年 ビベイロ刊。7

{ガリシア語詩集}

『口の中の鳥』(O paxaro na boca) 一九五二年、Xistral
*『最後の言葉』(Últimas palabras/Verbas derradeiras) 一九七六年、Nordés
『秋のコンチェルト』(Concerto de outono) 一九八一年、Edición do Castro
『カリクトゥス写本』(Códice calixtino) 一九八六年、Sotelo Blanco
『蓮の花への約束』(Prometo s flor de loto) 一九九二年、Deputació ンだ Coruña
『ロサリアの秘密の生涯』(Vida secreta de Rosala) 一九九六年、Espiral Maior
『リバデオ、リバデオ』(Ribadeo,Ribadeo) 二〇〇二年、Xunta de Galicia
『コリントのメディア』(Medea en Corinto) 二〇〇三年、Linteo
『祖国の歴史』(Historias fidelísimas) 二〇〇三年、PEN Clube de Galicia

『太陽の記憶』（Memoria Solar）二〇〇四年、Linteo
『イベルドンのハープ』（As arpas de Iwerddon）、二〇〇五年、Linteo
『宮殿の祝婚』（As vodas palatinas）二〇〇五年、Espiral Maior
『花とともに日を止める』（Deter o día cunha flor）二〇〇九年、Baía Edicións
『A bordo dun barco sen luces』、二〇一一年、Xunta de Galicia
＊『Sol de medianohe』、二〇一三年、Eurisaces Editora
『A Mariña de Lugo.Caderno de viaxe』、二〇一四年、Xunta de Galicia
『Rosa tántrica』、二〇一六年、Xunta de Galicia
『Pazo de Tor』、二〇一八年、Editora alvarellos
＊＝バイリンガル詩集としてスペイン語も併訳。

［主要エッセー］
「灯りのない船で、もしくはルイス・ピメンテルの詩の世界」（A bordo de Barco sen luces ou o mundo poético de Luis Pimentel）一九九〇年、Edición corrixida e ampliada no 2011
「Álvaro Cunqueiro e Herba aquí ou acolá」一九九一年、Galaxia
「Galicia ferida: a visión de Luis Seoane」一九九四年、Edición do Castro
「ロサリアとの対話」（Diálogos con Rosalía）一九九六年、Real Academia Galega

「Ondas do mar de Vigo: erotismo e conciencia mítica nas cantigas de amigo」一九九六年、Espiral Maior
「Tres poetas medievais da ría de Vigo」一九九八年、Galaxia

{アンソロジー、評論等}
「I Festival de Poesía no Condado」一九八一年、S.C.D.Condado
「Os escritores lucenses arredor de Ánxel Fole」一九八六年、Concello de Lugo
「Daquelas que cantan. Rosalía na palabra de once escritoras galegas」一九八七年、Fundación Rosalía de Castro
「Tres poetas medievais da Ría de Vigo: Martín Codax, Mendiño e Johán de Cangas」一九九八年、Galaxia
「A poesía é o gran milagre do mundo」二〇〇一年、PEN Clube de Galicia
「Poetas e narradores nas súas voces.1&2」二〇〇一年&二〇〇六年、Consello da Cultura Galega
「Antoloxía consultada da poesía galega 1976~2000」二〇〇三年、Tris Tram
「Carlos Casares. A semente aquecida da palabra」二〇〇三年、Consello da Cultura Galega

「Negra sombra Intervención poética contra a marca negra」二〇〇三年、Espiral Maior
「Poemas de amor. Xeración dos 50」二〇〇四年、Tórculo
「Son de poesía」二〇〇五年、Edições Fluviais ,Lisboa
「Amor en feminine: antoloxía das poetas galegas de Rosalía á Xeración dos 80」二〇〇六年、
Edición de Maximino Cacheiro Varela
「Poemas pola memoria (1936~2006」二〇〇六年、Xunta de Galicia
「Clave Orión(2005~2009)」二〇一〇年、Ex Libris
「Erato bajo la piel del deseo」二〇一〇年、Sial Ediciones
「Poema para Carmen Blanco」二〇一〇年、Libros da Cebra
「Poeta con Valente」二〇一〇年、Univercidad de Santiago de Compostela
「To The Winds Our Sails」二〇一〇年、Salmon Poetry
「Tamén navegar」二〇一一年、Toxosoutos
「Cartafol de soños. Homenaxe a Celso Emilio Ferreiro no seu centenario(1912~2012)」
二〇一二年、A.C. Alexandre Bóveda
「Unha cesta de pombas e mazás. Homenaxe a Isaac Díaz Pardo」二〇一三年、Academia
Real Isaac Díaz Pardo
「De Cantares Hoxe. Os Cantares gallegos de Rosalía de Castro no século XXI」二〇一五年、

Fundación Rosalía de Castro

{その他参考文献}
Traducción de Olivia Rodríguez González de Texto Base「Concerto de outono」versión reeditada y revisada por la autora en “Memoria solar” pp.323~401. 二〇一三年
「CANTIGAS」Martín Codax 一九九八年 Editorial Galaxia.
「Homenaxe a Noriega Varela」Ramón Otero Redrayo 二〇〇〇年 Consello da Cultura Galega.
「Luis Seoane ilustra a Rosalía」Gonzalo Rey Lama 二〇〇二年 Fundación Rosalía de Castro.
「Extranjera en su patria: Cuatro poetas gallegos」Carmen Blanco 二〇〇五年 Galaxia Gutenberg.
「Diálogos na Casa de Rosalía I & II」Edita; Patronato Rosalía de Castro, Dirección; Ana Blanco, Coordinación; Maite Piñeiro 二〇〇五年 & 二〇〇六年 Edición da Fundación Rosalía de Castro.

あとがき

ルース・ポソ・ガルサが亡くなって早三年が経過した。彼女の残した山のような業績は、日に日にその重さを増している。彼女にとって愛とは最初から死であった。人間の愛という行動の限界（神聖）を即時的に見抜いていたのだろう。だから躊躇なくエドワルド・モレイラスへの愛に飛び込めた。どんな葛藤があろうとも、どんな苦しみが伴おうとも、それは死と同義のもの（否、超越したもの）。正に、エドワルドの死により、その愛は益々昇華していった。彼女の詩にはいつも音楽が流れている。そして抽象画のような詩句の数々。

彼女の詩を日本語にするのはなかなか難しい。動詞の目的語がどこにあるのかも分からない。最初の詩「ビーゴ、我が聖地」に「海は傷付けていた」という言葉がある。ガリシア語でA mar feria とある。他動詞三人称線過去である。最初、「海は傷ついていた」と訳したが、それでは他動詞にならない。そして「傷付けた」対象は何なのか？それは「私」かも知れない。それとも「私とエドワルド」なのかも知れない。

二〇二三年六月には二週間ガリシアのア・コルーニャに滞在した。この間2日間ビーゴを訪れた。そして初めてビーゴ湾を船で遊ぶことができた。豊かで奥深い魅惑的な海であった。それは古来吟遊詩人たちが讃えた通り、輝かしい天の贈り物であった。この海でルースとエドワルドはギリシャ神話の世界を過ごしたのである。

何はともあれ、こうしてルース・ポソ・ガルサの二冊目の日本語への翻訳詩集が完成した。天上のルースは喜んでくれているに違いない。翻訳にあたっては、ガリシア語についてはオリビア・ロドリゲス・ゴンザレス教授と大木雅志氏に、スペイン語については丸山啓子氏の暖かいご支援を受けた。このお三方の応援がなければ本著は実現しなかった。厚く御礼申し上げる。

今日も故郷の我が家の二階の向こうには、燧灘を隔てて四国山脈が連なっている。一日として同じ姿の山嶺はない。今日はいつものように雲を被っているが山姿は明晰である。独りバッハの「トッカータとフーガ 二短調」を聴きながら、ルースへの出版の報告ができる感慨に浸っている。

訳者記す

二〇二四年四月二十日

訳者略歴

桑原真夫（くわばら　まさお）本名　中西省三
広島県鞆の浦生まれ。北海道大学（経）卒。
ガリシア文学研究者（主に、ロサリア・デ・カストロ及びルース・ポソ・ガルサの翻訳）。
所属　日本詩人クラブ、京都セルバンテス懇話会、NPO法人イスパニカ文化経済交流協会理事。

主要著書（共著も含む）
詩集：『プラネタリュウム』『終焉』『落花』『窓』『おもかげ』『花へ』（写真詩集）
エッセー：『斜めから見たスペイン』『それぞれのスペイン』『スペインの素顔』『スペインとは？』
訳書：『モロッコ』『我が母へ』『ガリシアの歌・上巻』『ガリシアの歌・下巻』『サール川の畔にて』『新葉』『ルース・ポソ・ガルサ詩集（ロサリアの秘密の生涯）』
評論：『ロサリア・デ・カストロという詩人』『フランソワーズ・パストル～遠藤周作 パリの婚約者』
歴史：『スペイン王権史』
ガイドブック：『スペインのガリシアを知るための50章』『マドリードとカスティーリャを知るための60章』『現代スペインを知るための60章』『ロンドンを旅する60章』『スペイン文化事典』他多数。

MINISTERIO
DE CULTURA

DIRECCIÓN GENERAL DEL LIBRO,
DEL CÓMIC Y DE LA LECTURA

La traducción de esta obra ha recibido una ayuda del Ministerio de Cultura de España a través de la Dirección General del Libro, del Cómic y de la Lectura.

本作品の翻訳は、本・コミック・読書振興総局を通じてスペイン文化省の助成を受けました。

秋のコンチェルト

著者
ルース・ポソ・ガルサ
訳者
桑原真夫
発行者
小田啓之
発行所
株式会社 思潮社
〒一六二－〇八四二　東京都新宿区市谷砂土原町三－十五
電話 〇三（五八〇五）七五〇一（営業）
〇三（三二六七）八一四一（編集）
印刷・製本
三報社印刷株式会社
発行日
二〇二四年六月二十日